자연 일기

자연 일기

데번우드의 비밀

Secrets of a Devon Wood

My Nature Journal

조 브라운 지음
정은석 옮김

블랙피쉬
Black Fish

이 책을 나의 아버지에게 바친다.

- 모든 삽화는 내가 찍은 사진을 보고 그린 것이다.

- 모든 좌표는 내가 사진을 찍은 장소다.

- 모든 하루는 경이롭다.

차례

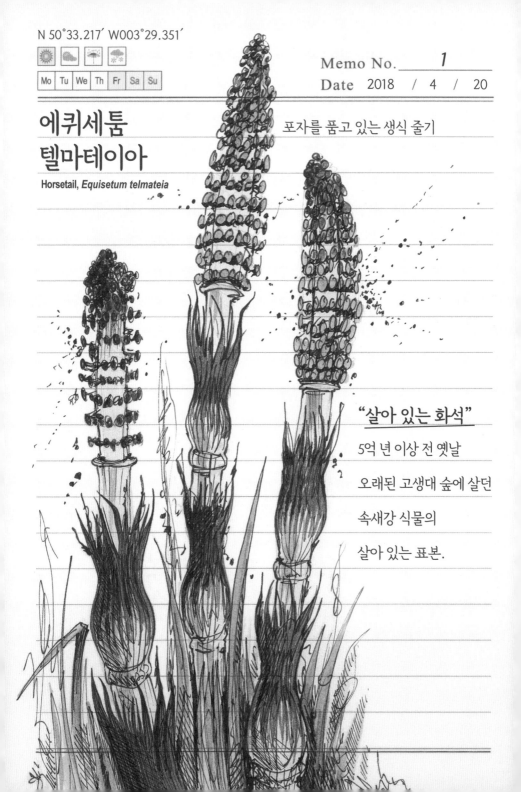

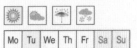
뻐꾹냉이

'목초지'란 뜻의 라틴어

Cuckooflower, *Cardamine pratensis*

다른 이름:

- 레이디스 스먹 Lady's Smock

- 메이플라워 Mayflower

- 밀크메이즈 Milkmaids

- 페어리 플라워 Fairy Flower

  전해오는 이야기에 따르면
  요정에게 바쳐졌다고 함

- 꽃잎은 4장

- 어린잎은 후추 맛이 나며

  샐러드에 갓류 채소 대신 넣을 수 있다.

깃주홍나비 Orange Tip Butterfly,

*Anthocharis cardamines*의 먹이가 되는

식물이다.

Mo	Tu	We	Th	Fr	Sa	Su

울렉스 에우로파이우스

Gorse, *Ulex europaeus*

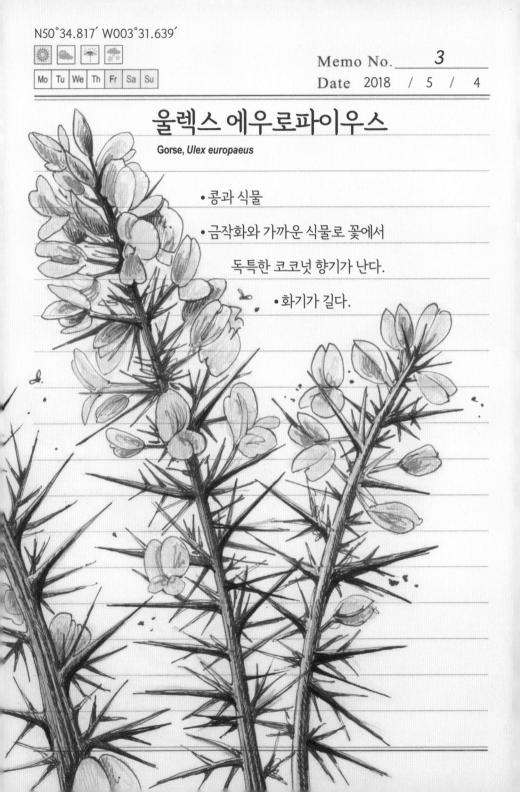

- 콩과 식물
- 금작화와 가까운 식물로 꽃에서 독특한 코코넛 향기가 난다.
  - 화기가 길다.

녹색소리쟁이 딱정벌레

Green Dock Beetle, *Gastrophysa viridula*

알을 밴 암컷

먹이식물인

돌소리쟁이 *Rumex*

obtusifolius 잎 밑면에

알을 낳는다.

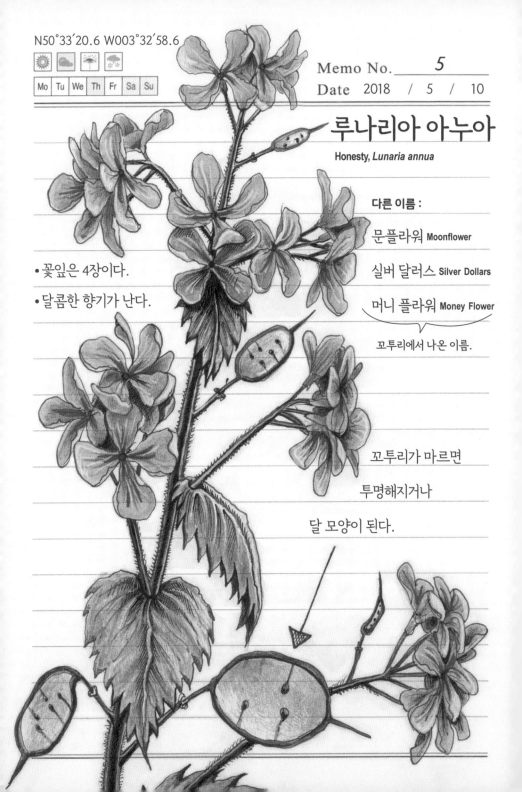

N50°33′20.6 W003°32′58.6

| Mo | Tu | We | Th | Fr | Sa | Su |

루나리아 아누아

Honesty, *Lunaria annua*

다른 이름 :

문플라워 Moonflower

실버 달러스 Silver Dollars

머니 플라워 Money Flower

꼬투리에서 나온 이름.

• 꽃잎은 4장이다.

• 달콤한 향기가 난다.

꼬투리가 마르면

투명해지거나

달 모양이 된다.

| Mo | Tu | We | Th | Fr | Sa | Su |

라미움
갈레오브돌론

Yellow Archangel, *Lamium galeobdolon*

꽃은 형태학적으로

좌우 대칭이며 마주나기잎과

사각형 각진 줄기를 지니고 있다.

꿀풀과에 속한다.

Memo No. __7__

Date 2018 / 5 / 18

오르키스 마스쿨라

Early Purple Orchid, *Orchis mascula*

자주색/핑크색 꽃에는

3개의

아래잎술꽃잎과

기다란 꿀주머니가

달려 있다.

잎은 윤이 나는

짙은 녹색으로

갈색 반점이 있다.

아피온 프루멘타리움 *Apion frumentarium*

<u>크기: 2.5~4.5밀리미터</u>

큰소리쟁이 *Rumex crispis*와

돌소리쟁이 *Rumex obtusifolius* 줄기

부근에서 산다.

<u>바구밋과다.</u>

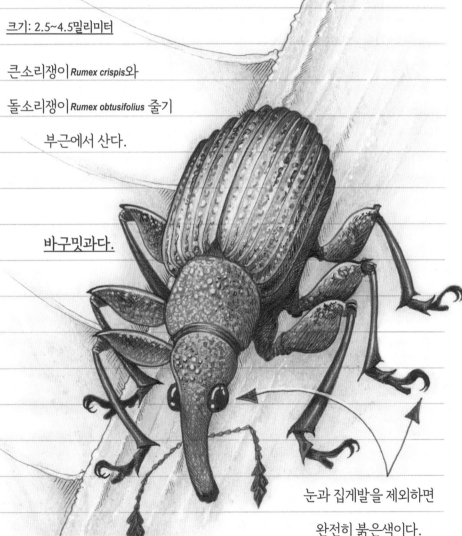

눈과 집게발을 제외하면

완전히 붉은색이다.

영국병정지의

Cladonia cristatella

지의류화된 균류. 표면이 작은 비늘로 빽빽하게 뒤덮여 있다.

이 지역에서는 토탄으로 이루어진 제방과 눅눅한 이끼로 뒤덮인

통나무에서 흔히 볼 수 있다.

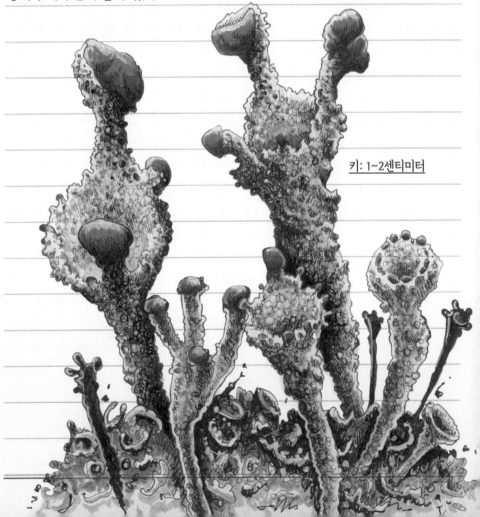

키: 1~2센티미터

붉은장구채

Red Campion, *Silene dioica*

이름에 '붉은'이 붙었지만
분홍색이다!

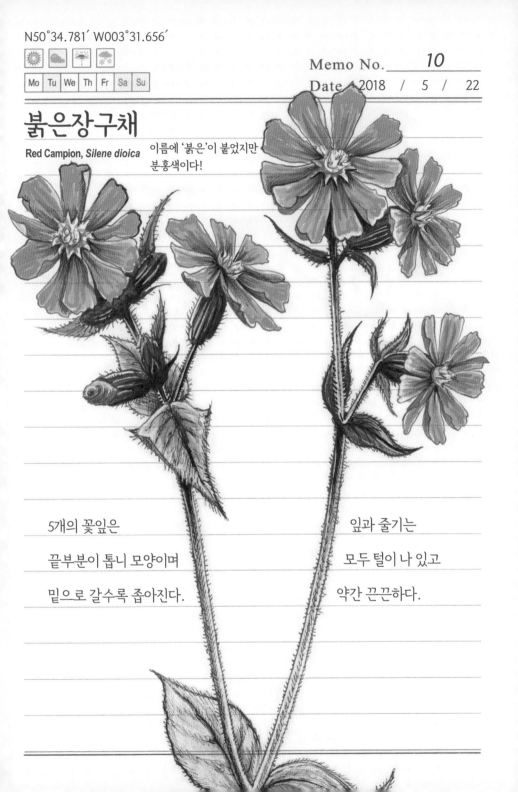

5개의 꽃잎은

끝부분이 톱니 모양이며

밑으로 갈수록 좁아진다.

잎과 줄기는

모두 털이 나 있고

약간 끈끈하다.

| Mo | Tu | We | Th | Fr | Sa | Su |

Memo No. _____ **11**

Date 2018 / 5 / 30

아르메리아 마리티마

Thrift, *Armeria maritima*

주로

해안가에서

볼 수 있다.

꽃: 빽빽한 꽃송이는

공 모양이며 분홍색을

띤다. 줄기는 길고

가늘다.

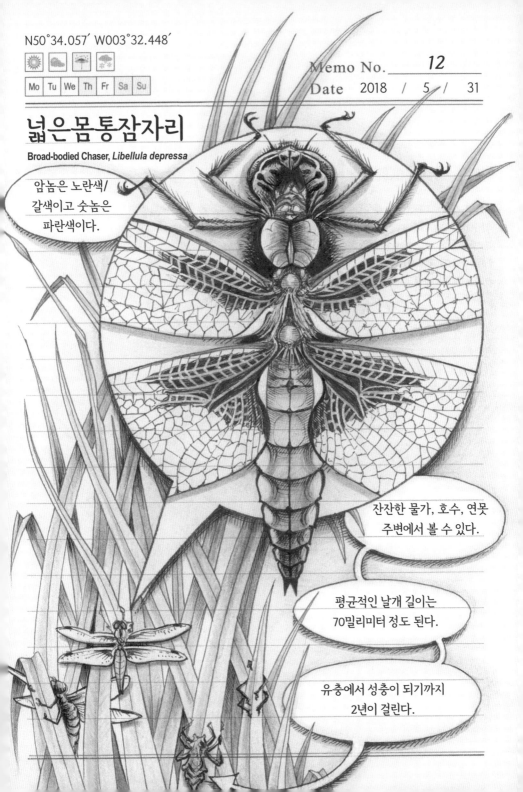

Mo	Tu	We	Th	Fr	Sa	Su

붉은코딱정벌레

Bloody-nosed Beetle,
Timarcha tenebricosa

이들은 스스로를
방어하기 위해
입속에 있는 얇은
세포막을 찢어
밝은 빨간색
혈액 림프 방울을
뿜어낸다.
천적에게는
이 혈액 림프의
맛이 좋지 않게
느껴진다.

오색딱따구리

Great Spotted woodpecker, *Dendrocopos major*

어린 새는 머리 꼭대기의

붉은 부분으로 구별된다.

성인 수컷은 목 뒤에 있다.

어린 수컷
(암놈은 붉은 부분이
더 작다)

♂

모든 종류의
숲에서 볼 수 있다.

곤충의 애벌레를 찾으려고

나무를 두드리는데, 자신의

영역을 알리고 의사소통을 하기

위해서도 두드린다.

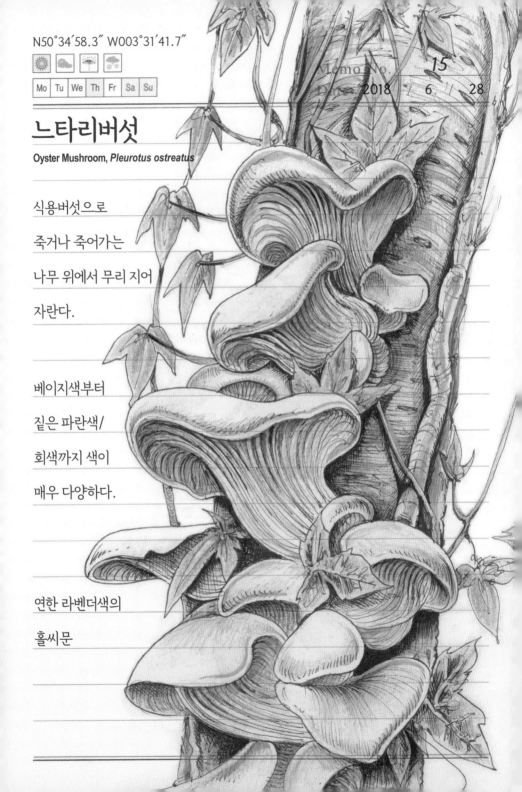

느타리버섯

Oyster Mushroom, *Pleurotus ostreatus*

식용버섯으로

죽거나 죽어가는

나무 위에서 무리 지어

자란다.

베이지색부터

짙은 파란색/

회색까지 색이

매우 다양하다.

연한 라벤더색의

홀씨문

N50°34′02.7″ W003°32′26.6″

Mo | Tu | We | Th | Fr | Sa | Su

Memo No. **16**

Date 2018 / 7 / 15

은줄표범나비

Silver-washed Fritillary, *Argynnis paphia*

7~8월에 숲에서

날아다니는 것을

볼 수 있다.

숫놈은 색이 더 밝고

앞날개에 검은색 발향

비늘줄이 있다.

뒷날개 뒷면에는
은색 줄무늬와
초록색 비늘이
있다.

♂

블랙베리 덤불 혹은
'검은딸기나무'
Rubus fruticosus

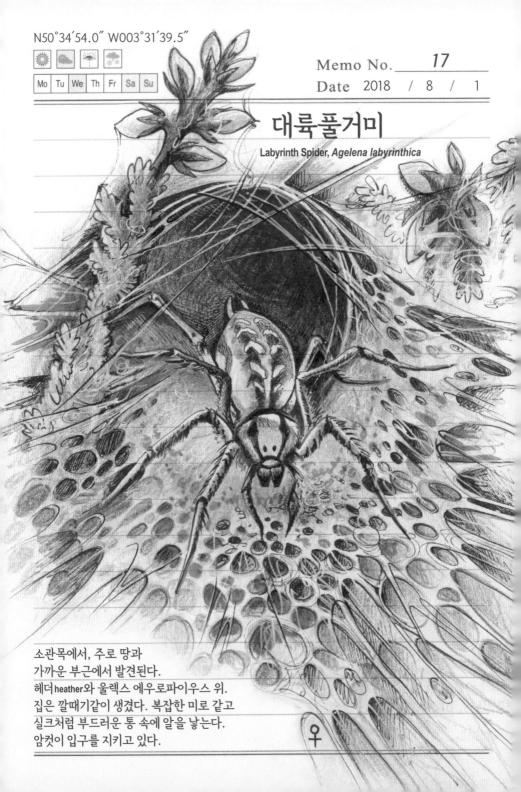

대륙풀거미

Labyrinth Spider, *Agelena labyrinthica*

소관목에서, 주로 땅과
가까운 부근에서 발견된다.
헤더heather와 울렉스 에우로파이우스 위.
집은 깔때기같이 생겼다. 복잡한 미로 같고
실크처럼 부드러운 통 속에 알을 낳는다.
암컷이 입구를 지키고 있다.

♀

유럽무족도마뱀 Slowworm, *Anguis fragilis*   발 없는도마뱀

굴을 파는 습성이 있으며 스스로 몸을 끊어낼 수 있다.

보통은 천적으로부터 도망치기 위해 자신의 꼬리를 버린다.

꼬리는 몸에서 떨어져 나와도 계속 꿈틀거린다.

__30년까지__

__살 수 있다.__

암놈이 더 크고 옆구리가 짙은 색이며

등에는 검은색 줄무늬가 있다.

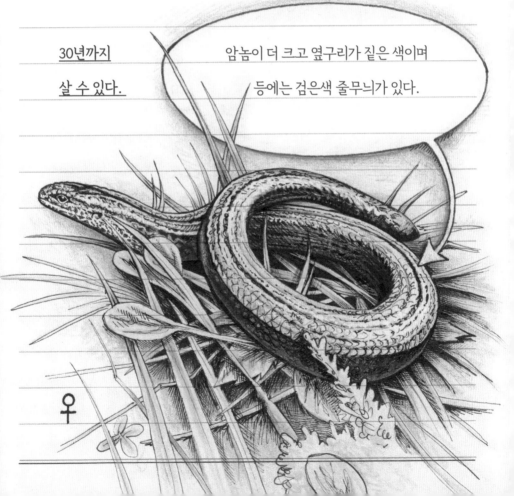

♀

큰갓버섯아재비 Shaggy Parasol, *Macrolepiota rhacodes*

섬유질 바탕 위 뒤로 젖혀진 비늘 때문에 갓이 텁수룩하고 찢어진 모양새를 하고 있다.

고리:
이중 막은
줄기 위에서
이동 가능하다.

표면은 흰색인데 자르면 오렌지빛 도는 붉은색으로 변한다.

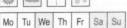
Memo No. **20**

Date 2018 / 8 / 22

16점박이무당벌레

16-Spot Ladybird, *Tytthaspis 16-punctata*

- 흐린 노란색/크림색

- 흰곰팡이를 먹는 동물

크기: 2.5밀리미터

영국 남부의 초지에 흔하다.

양 겉날개에

각각 8개의 검은 점이 있다.

바깥쪽 점 3개는 합쳐져 있는데

그 부분에 넓은 검은색 줄이 있다.

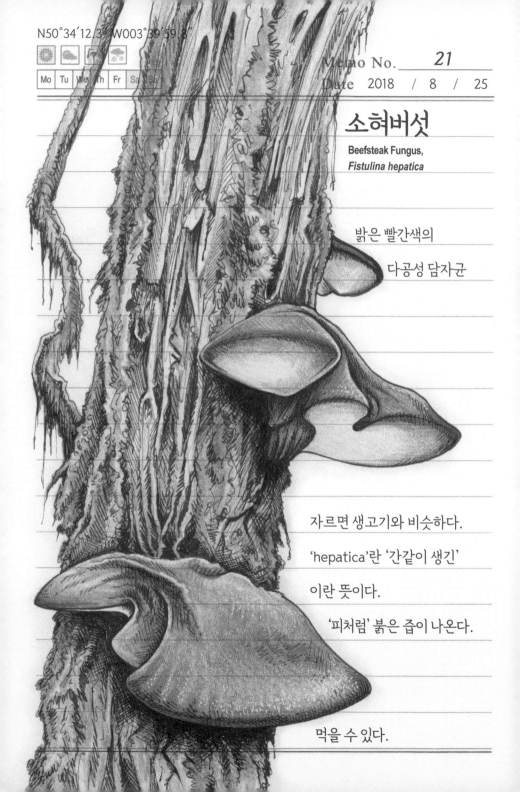

소혀버섯

Beefsteak Fungus,
Fistulina hepatica

밝은 빨간색의

다공성 담자균

자르면 생고기와 비슷하다.

'hepatica'란 '간같이 생긴'

이란 뜻이다.

'피처럼' 붉은 즙이 나온다.

먹을 수 있다.

박새 Great Tit, *Parus major*

모든 숲에서 볼 수 있다.

사방에 분포하고 흔하며 영국 박새 중

가장 많다.

특이한 검은 줄이 노란색

앞가슴까지 내려와 있다.

머리와 목은 검은색이며 뺨은 흰색이다.

노래와 소리가 아주 다양하고 방대해

울음소리만으로 알아차리기는 상당히 어렵다.

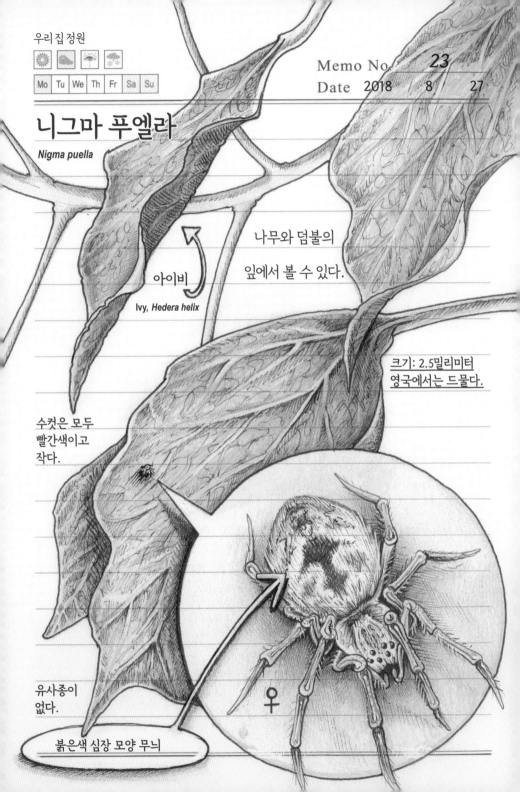

우리 집 정원

나무발발이

Treecreeper, *Certhia familiaris*

대부분의 숲에서

볼 수 있다.

날카로운 발톱과

강한 발가락은 먹이를

찾으러 다닐 때 거친

나무껍질을 쥐기에 좋다.

얼룩덜룩한 갈색 깃털로 이루어졌으며

밑면이 하얀색인 톱니 모양 꼬리.

계란말똥버섯

Egghead Mottlegill, *Panaeolus semiovatus*

담황색으로

말똥 위에서 자란다.

• 검은색 포자

• 흰색 주름테

• 젖으면 끈끈하다.

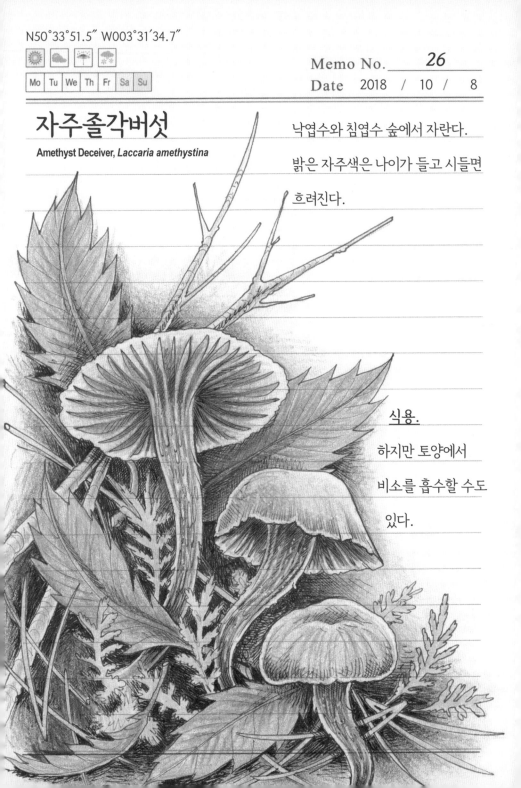

자주졸각버섯

Amethyst Deceiver, *Laccaria amethystina*

낙엽수와 침엽수 숲에서 자란다.

밝은 자주색은 나이가 들고 시들면

흐려진다.

식용.

하지만 토양에서

비소를 흡수할 수도

있다.

주름안장버섯

White Saddle, _Helvella crispa_

모양이 불규칙한 갓은 안장 비슷하게 생겼다.

줄기에는 세로로 홈이 새겨져 있다.

크림빛 흰색으로 낙엽수 숲에서 자란다.

'crispa'란 '주름진' 또는

'동그랗게 말린'이라는

뜻의 라틴어다.

꼬까울새 Robin, *Erithacus rubecula*

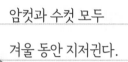

암컷과 수컷 모두

겨울 동안 지저귄다.

수컷과 암컷이

비슷하게 생겼으며

어린 새는 오렌지색

가슴털이 없고 갈색 얼룩이

있다.

꼬까울새는

수렵 동물들 뒤를

따라다니는 데

익숙해 흐트러진 땅속에서

먹이를 찾는다. 종종 정원사 뒤를

따라다니는 모습을 볼 수 있다.

수컷은 영역에 매우 민감해

목숨을 걸고 싸우기도 한다.

연잎낙엽버섯

Horsehair Parachute,
Marasmius androsaceus
(Tricholomataceae)

작고 연약한 균류로 연한 붉은빛이

도는 갈색 갓은 너비가 3~10밀리미터다.

주름 간격이 넓으며 검은색 줄기는

반짝이고 매끄럽다.

떨어진 솔잎

위에서 자란다.

하얀색 홀씨문

말 털같이
생긴 균사체
가닥

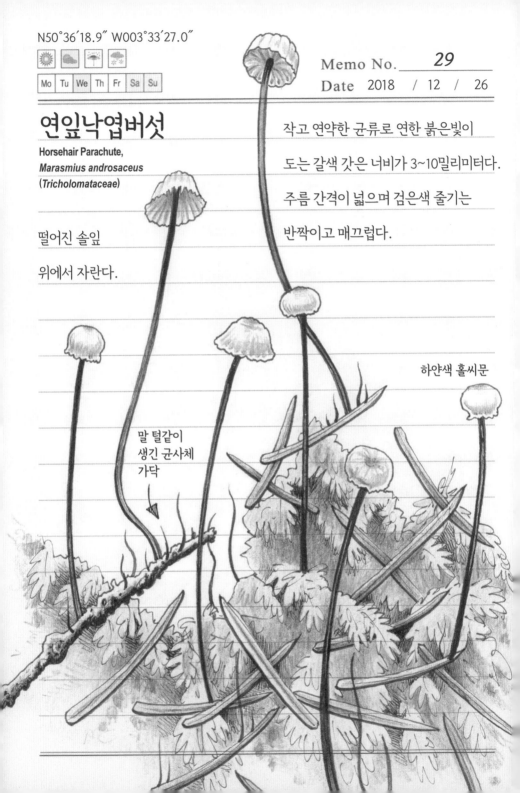

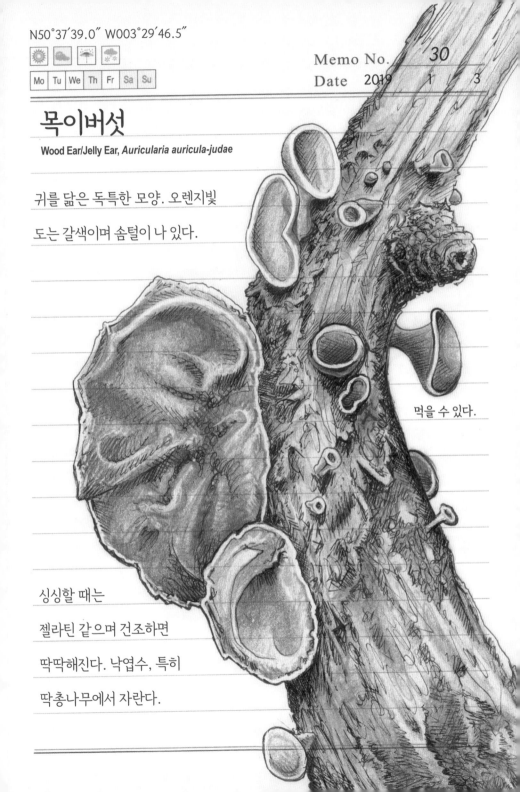

목이버섯

Wood Ear/Jelly Ear, *Auricularia auricula-judae*

귀를 닮은 독특한 모양. 오렌지빛

도는 갈색이며 솜털이 나 있다.

먹을 수 있다.

싱싱할 때는

젤라틴 같으며 건조하면

딱딱해진다. 낙엽수, 특히

딱총나무에서 자란다.

구름송편버섯

Turkeytail, *Trametes versicolor*

'여러 가지 색'이라는 뜻

매우 훌륭한

약재가 되는 버섯이다.

구름 송편버섯은 암을 예방하고

암 치료로 손상된 면역 체계를

향상시킨다.

갓에는 서로 다른 색이 동심원 모양으로 나타나

있다. 색은 매우 다양하다. 이 다공균의 밑면은 흰색에서

밝은 갈색을 띠고 있으며 밀리미터당 2~5개의 포자가 있다.

모든 숲과 삼림지대에서 흔히 볼 수 있다.

우리집 정원

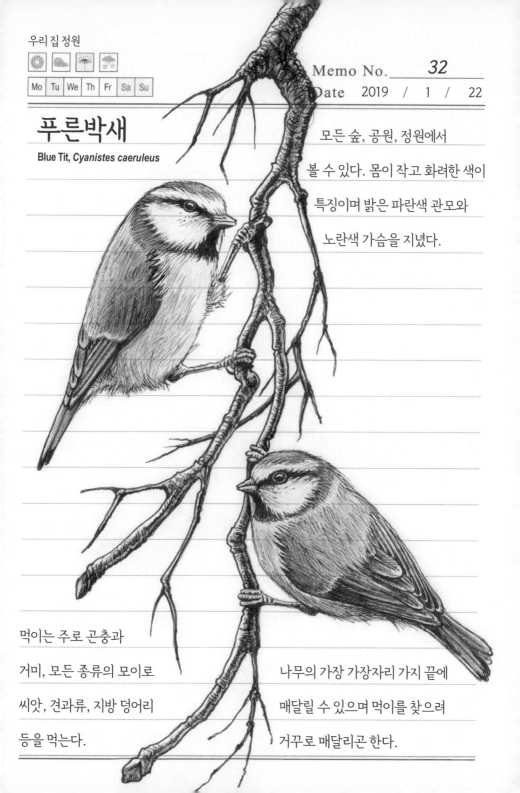

푸른박새

Blue Tit, *Cyanistes caeruleus*

Memo No. ___**32**___

Date 2019 / 1 / 22

모든 숲, 공원, 정원에서

볼 수 있다. 몸이 작고 화려한 색이

특징이며 밝은 파란색 관모와

노란색 가슴을 지녔다.

먹이는 주로 곤충과

거미, 모든 종류의 모이로

씨앗, 견과류, 지방 덩어리

등을 먹는다.

나무의 가장 가장자리 가지 끝에

매달릴 수 있으며 먹이를 찾으려

거꾸로 매달리곤 한다.

호랑가시낙엽버섯

Holly Parachute, *Marasmius hudsonii*

갓 너비는 2~5밀리미터이며 가시
(자그마한 털)로
덮여 있다.

호랑가시낙엽버섯은

영국과 아일랜드에 널리 퍼져 있지만

크기가 너무 작아서 아주 드물게

기록된다.

되새

Brambling, *Fringilla montifringilla*
(마운틴 핀치 Mountain Finch)

되샛과의 작은 연작류 새다. 널리 퍼진 철새이며 종종 큰 무리가 관찰된다.

번식 중인 수놈은 검은색 머리에 가슴은 밝은 오렌지색이고 배는 하얀색이다.

푸른머리되새와 함께 다니지만 크기와 모습이 비슷해도 잘 어울리지는 않는다.

주홍술잔버섯 Scalet Elfcup, *Sarcoscypha austriaca*

'오스트리아에서 온'

아름답고 강렬한 원반 모양의
균류로 처음에는 깊은 컵
모양이다가 나중에는 원반
모양이 된다.

땅에 떨어진
낙엽수의
나뭇가지
위에서 자란다.

자실체는 너비가
5센티미터까지 크며
선명한 안쪽은
빨간색이고 더 연한 색의
바깥 면은 아주 작은
털로 덮여 있다.

겨울과 이른 봄에
볼 수 있다.

하얀색 포자

| Mo | Tu | We | Th | Fr | Sa | Su |

Memo No. _____ **36**

Date   2019   /   2   /   9

후엽깔대기지의   Pixie Cup Lichen, *Cladonia pyxidata*

이 깔대기 지의류는 밑으로

내려갈수록 점점 가늘어지는

줄기는 깔때기 모양이다.

작은 비늘로 덮여 있다.

크기: 1~2센티미터

널리 퍼져 있고 흔하다.

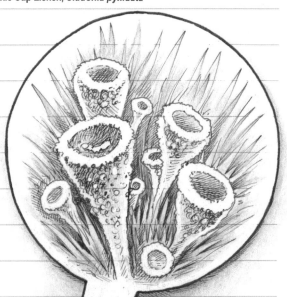

연중 볼 수 있다.
이탄이나 이끼가 있는
곳에서 서식한다.

Mo	Tu	We	Th	Fr	Sa	Su

황금흰목이 Yellow Brain, *Tremella mesenterica*

밝은 오렌지/노란색의 흰목이과 버섯.

영국과 아일랜드 전역에서 볼 수 있다. 낙엽활엽수의

땅에 떨어진 나뭇가지 위에서 나온다(나는

울렉스 에우로파이우스 위에서만

보았다).

겨울에 나타나기
시작하며 건조할 때는
딱딱한 오렌지색
받침대처럼 변한다.

황금흰목이는
나무를 썩게 만드는
껍질고약버섯속인
크러스트균의 공격을 받은
나무 위에서 자란다.

메가부누스 디아데마 *Megabunus diadema*, Phalangiid harvestman

유럽 전역에 널리 분포한다. 이끼와 지의류 사이에서 볼 수 있다.

몸을 숨기는 데 알맞은 색을 띠어 위장에 능하다.

움직이지 않으면 거의 보이지 않는다.

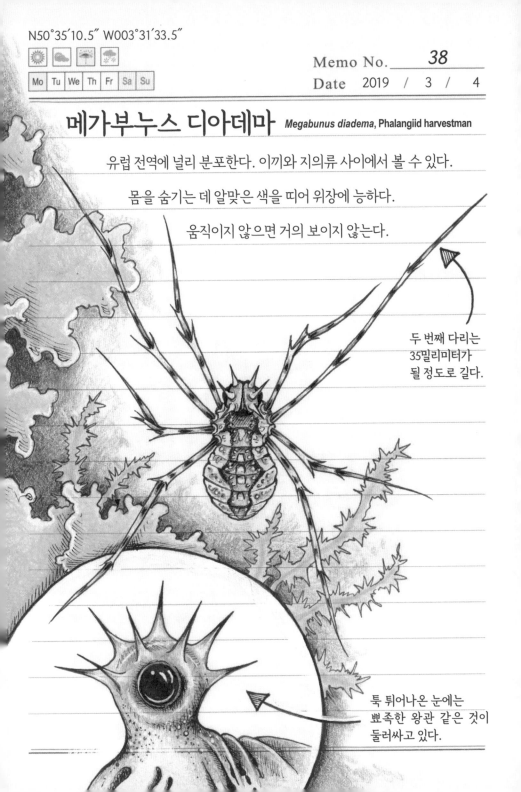

두 번째 다리는
35밀리미터가
될 정도로 길다.

툭 튀어나온 눈에는
뾰족한 왕관 같은 것이
둘러싸고 있다.

습지등불버섯 Bog Beacon, *Mitrula paludosa*

주교가 쓰는 미트라, 모자, 머릿수건   늪, 습지, 수렁

성냥처럼 생긴 균류로 아주
습한 지역에서만 자란다.

습지등불버섯은 썩은 나뭇잎을
먹어서 분해해 단일 화합물로
만드는 재생 처리기다.

4센티미터까지
자란다.

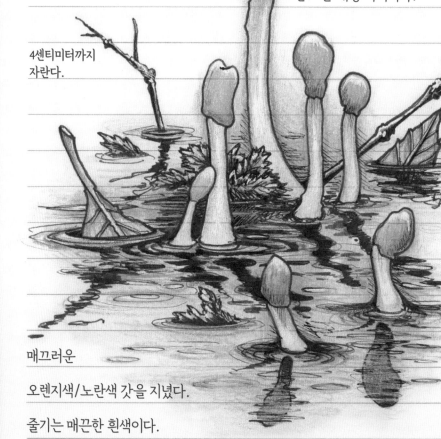

매끄러운

오렌지색/노란색 갓을 지녔다.

줄기는 매끈한 흰색이다.

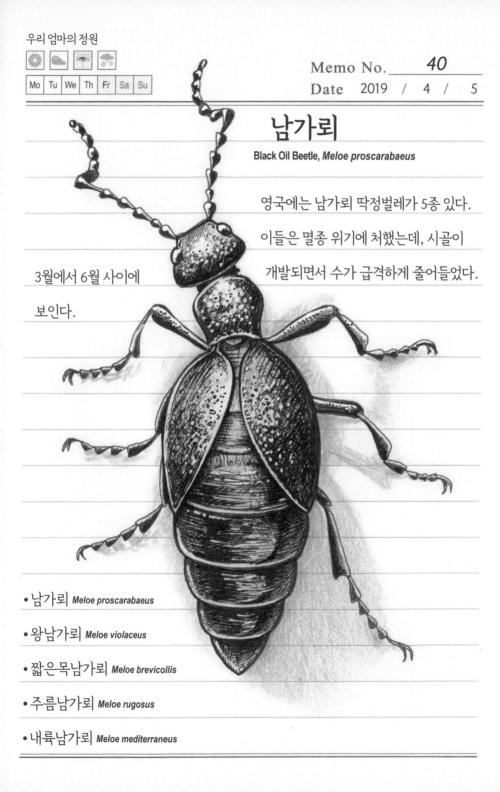

남가뢰

Black Oil Beetle, *Meloe proscarabaeus*

영국에는 남가뢰 딱정벌레가 5종 있다.

이들은 멸종 위기에 처했는데, 시골이

개발되면서 수가 급격하게 줄어들었다.

3월에서 6월 사이에

보인다.

- 남가뢰 *Meloe proscarabaeus*

- 왕남가뢰 *Meloe violaceus*

- 짧은목남가뢰 *Meloe brevicollis*

- 주름남가뢰 *Meloe rugosus*

- 내륙남가뢰 *Meloe mediterraneus*

어치

Eurasian Jay, *Garrulus glandarius*

'시끄러운, 수다쟁이'   '도토리의'

까마귓과 중 가장 화려하다.

제일 좋아하는 먹이는 도토리다.

'크라 크라' 하고 시끄러운

　　　경고음을 낸다.

엉덩이가 흰색이고

꼬리는 검다. 분홍색/

옅은 갈색을 띤다.

밝은 파란색
얼룩

붙임성 있는 새로

다른 새들의 울음, 특히 까마귀 소리를

흉내 낼 수 있다.

서양뒤영벌

Buff-tailed Bumblebee, *Bombus terrestris*

뒤영벌은 사회성이 좋은 곤충으로

군집 생활을 한다.

여왕벌은 오직

한 마리의 수컷과

짝을 짓는다.

블루벨

Bluebell, *Hyacinthoides non-scripta*

줄기는 아래로 처져있고

거의 모든 꽃이

한쪽으로 몰려 있다.

달콤한 향을

지녔다.

스페인블루벨 *H. hispanica*과

교잡종인 마사티아나 *H. x massartiana*보다

꽃이 좁고 색이 진하다. 꽃잎 끝부분은

뒤로 젖혀 있다.

연한 분홍이나 흰색도 있다.

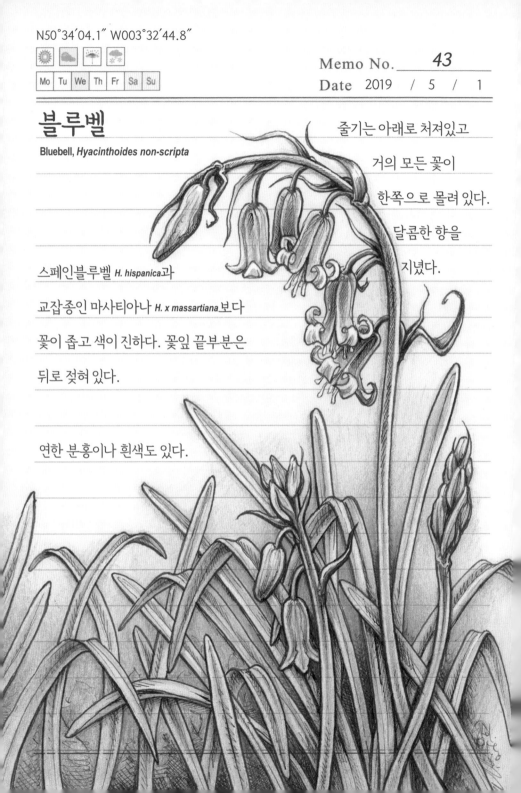

은점선표범나비 Pearl-bordered Fritillary, *Boloria euphrosyne*

한때 영국과 아일랜드에 널리 퍼져 있었지만 최근 몇십 년 동안 수가 급격히

줄어들었다. 지금은 멸종 위기의 희귀종으로 여겨진다.

낮고 빠르게
고사리 위를
날아다니고
제비꽃 위에 알을
낳는다.

뒷날개 밑면 끝부분에 있는 은색 점에서

이름이 유래되었다.

솔잣새

Common Crossbill, *Loxia curvirostra*

성체는 밝은색을 띠고 있는데

암컷은 녹색/노란색이고 수컷은

빨간색/오렌지색이다.

♂

독일가문비나무
Picea abies

끝부분이 겹친 특이한 부리가

특징인데, 덕분에 침엽수

솔방울에서 씨앗을

뺄 수 있다.

N50°33′12.4″ W003°29′19.9″

| Mo | Tu | We | Th | Fr | Sa | Su |

옐로 래틀

Yellow Rattle, *Rhinanthus minor*

반기생의 초본 일년초 야생화로 근처 풀들의

뿌리를 먹이로 삼는다. 그 덕에 다른 야생화들이

살아남을 수 있는 길을 터주어

초지를 목초지로 만들어준다.

4~5센티미터까지 자라며
5월부터 9월까지 산다.

꽃이 지고 꽃받침이 갈색으로
변하면 속에서 성숙한 씨앗이
덜거덕거린다.

유럽검은딱새 European Stonechat, *Saxicola rubicola*

딱샛과의 텃새인 참새목 새다.

(올드 월드 플라이캐처 Old World Flycatcher)

♂

수컷은 눈에
띄는 오렌지색
가슴에 검은색
머리를 하고 있으며
양쪽 목에는 흰 줄이 있다.

황야와 초지에서 볼 수 있는데,
주로 울렉스 에우로파이우스와
검은딸기나무 바로 위 가지에
앉아 있다.

울음소리가 마치 돌멩이 2개가
서로 부딪치는 소리 같다.

디기탈리스 푸르푸레아

Foxglove, *Digitalis purpurea*

‘손가락 같은’

디기탈리스 푸르푸레아는 강심 배당체 cardiac glycosides 를 함유하고 있는데, 소화 중에 당 분자가 분해되면서 독성을 지니게 된다. 디기탈리스 푸르푸레아는 심장 질환을 치료하는 데 사용되어왔는데, 강심제 inotrope 가 근육 수축에 변화를 일으킨다.

관 모양으로 종처럼 생긴 강렬한 색의 꽃이 키가 큰 수상꽃차례에서 피는데, 꽃이 완전히 피면 손가락 길이다.

식물의 전 부분에 독성이 있어 섭취하면 사람과 동물 모두에게 유해하다. 레온하르트 푹스 Leonhart Fuchs 가 1542년 이 꽃을 처음 기록했으며 푸크시아 Fuchsia 라는 속명도 그의 이름에서 유래됐다.

독일어로 ‘여우’를 뜻한다

이년생 초본류로 5월부터 6월에 꽃이 핀다.

산은점선표범나비

Small Pearl-bordered Fritillary, *Boloria selene*

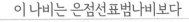

이 나비는 은점선표범나비보다

몇 주 뒤에 나타나며 색이 훨씬 더 밝다.

애벌레는 개제비꽃을 먹는다.

점은 V자에
가깝다.

V자 무늬가 바깥쪽
가장자리에 붙어 있다.

분포량과 개체 수 모두 꾸준히 줄어들어

어려움을 겪고 있으므로 주 보호종이다.

알통넓적다리하늘소붙이

Swollen-thighed Beetle,
Oedemera nobilis

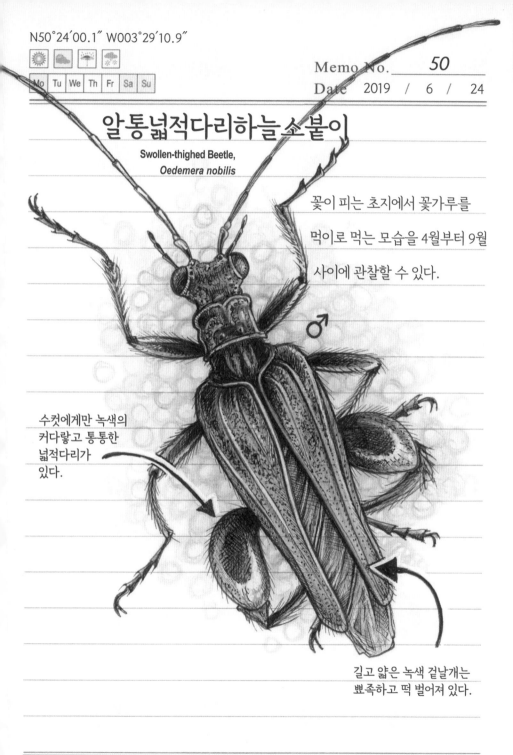

꽃이 피는 초지에서 꽃가루를
먹이로 먹는 모습을 4월부터 9월
사이에 관찰할 수 있다.

♂

수컷에게만 녹색의
커다랗고 통통한
넓적다리가
있다.

길고 얇은 녹색 겉날개는
뾰족하고 떡 벌어져 있다.

오색방울새

European Goldfinch, *Carduelis carduelis*

연작류 새로 가장 화려한 방울새 중 하나다. 밝은 빨간색 얼굴과 선명한 노란색 날개 무늬가 눈에 띈다.

수컷과 암컷 모두 비슷하게 생겼지만, 암컷은 얼굴의 붉은 부분이 더 작다.

부리로 엉겅퀴와 산토끼꽃에서 씨앗을 꺼낼 수 있지만 정원 먹이통도 잘 이용한다.

울음소리가 아주 예쁘다.

유럽연못개구리

Common Frog, *Rana temporaria*

반수생 양서류로

주변 환경에 맞춰

피부색을 바꿀 수 있으며

색이 매우 다양하다.

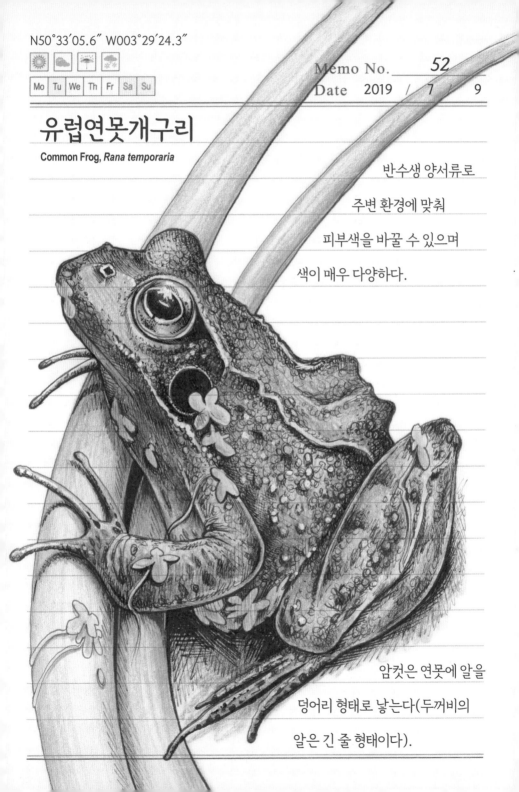

암컷은 연못에 알을

덩어리 형태로 낳는다(두꺼비의

알은 긴 줄 형태이다).

센토레아 니그라

Common Knapweed, *Centaurea nigra*

초지, 숲, 해안가, 황야에서 볼 수 있다.

많은 곤충에게 주요한 꿀과 꽃가루를

제공한다.

꽃은 식용 가능하다.

1미터까지
자라기도
한다.

화관은 선명한
핑크/보랏빛이다.

끈끈이주걱

Round-leaved Sundew,
Drosera rotundifolia

식충성이다.

이 작은 식물의 끈끈한 빨간색 덩굴손은 안에 갇힌 곤충을 감지할 수 있다. 덩굴손은 몸을 천천히 안으로 감아 먹이를 소화한다.

산성에서 서식하기 때문에 충분한 영양소를 얻을 수 없어 이런 식으로 진화했다.

늪지와 황야, 습지와 저지대에서 물이끼와 함께 자란다.

Memo No. __55__

Date 2019 / 7 / 31

공작나비 European Peacock, *Aglais io*

이 아름다운 색의 나비는 날개에 4개의 커다란 눈 모양 반점이 있어서 금세 알아볼

수 있다. 이 무늬는 천적에 대한 방어로 보여주는 것이다. 연구에 의하면 새들은

눈 모양 반점이 보이면 좀 더 주저하게 되어 나비가 도망칠 틈을 준다고 한다.

겨울에는
잠을 자고
봄에 알을
낳는다.

애벌레는 쐐기풀을
먹는다.

이 종은 널리 퍼져 있으며

계속 영역을 확장하고 있다.

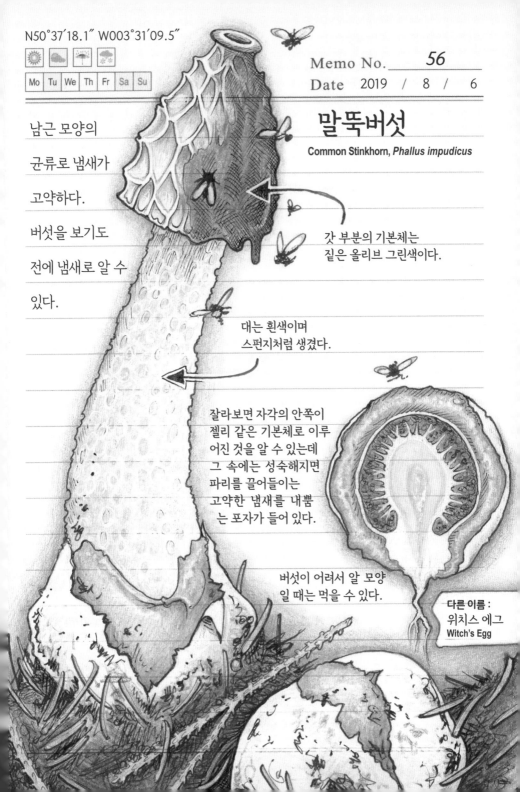

말뚝버섯

Common Stinkhorn, *Phallus impudicus*

남근 모양의
균류로 냄새가
고약하다.
버섯을 보기도
전에 냄새로 알 수
있다.

갓 부분의 기본체는
짙은 올리브 그린색이다.

대는 흰색이며
스펀지처럼 생겼다.

잘라보면 자각의 안쪽이
젤리 같은 기본체로 이루
어진 것을 알 수 있는데
그 속에는 성숙해지면
파리를 끌어들이는
고약한 냄새를 내뿜
는 포자가 들어 있다.

버섯이 어려서 알 모양
일 때는 먹을 수 있다.

다른 이름 :
위치스 에그
Witch's Egg

목배풍등

Woody Nightshade,
Solanum dulcamara

다른 이름 :

비터스위트Bittersweet

가짓과 식물에는
영양이 풍부한 감자, 토마토,
가지 같은 식용식물이 포함된다.

이 식물의 줄기에는 항염증과
항박테리아 성분이 함유되어
있다. 다양한 건강 질환에
동종 요법 테라피로
활용된다.

다년초 덩굴은 그늘을
좋아하고 다른 식물
위로 뻗어나가며
다양한 곳에서
자란다.

별 모양의
꽃잎은 5장이고
5개의 노란색 수
술이 암술대 주변을
둘러싸고 있다.

빨갛고 작은 열매는
자그마한 토마토처럼 생겼지만
사람과 가축에게는
유독한 성분을 지녔다.

아트로파 벨라도나 *Atropa belladonna*와
자주 혼동되지만 그만큼 독성이
강하지는 않다.

독성이 있다. 솔라닌과 둘
카마린이라는 글리코시
드 성분이 들어 있다.

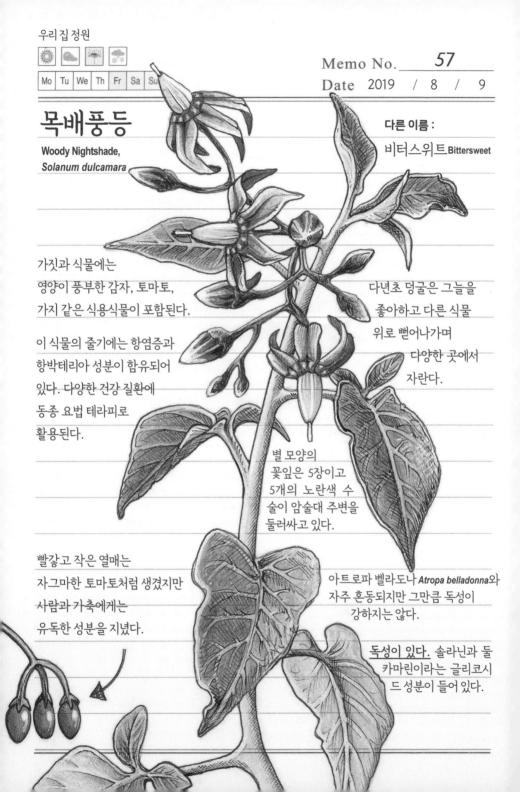

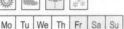
검정수염송장벌레 Sexton Beetle, *Nicrophorus vespilloides*

동물계의 장의사인 이들은 작은 동물의 시체를 묻은 다음

먹이로 삼거나 새끼를 낳는다.

묘지를 돌보는 교회의

관리인sexton에서 이름을 따왔다.

알을 깐 뒤 암컷과 수컷 모두

어린 개체를 양육하는데, 이는

딱정벌레에게는 흔치 않은 일이다.

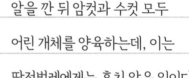

더듬이의 수용기는 1킬로미터
이상 떨어진 곳의 시체가
부패하는 것을
감지할 수 있다.

몸 색은 검은색으로 딱지날개에는

선명한 오렌지색 무늬가 있다.

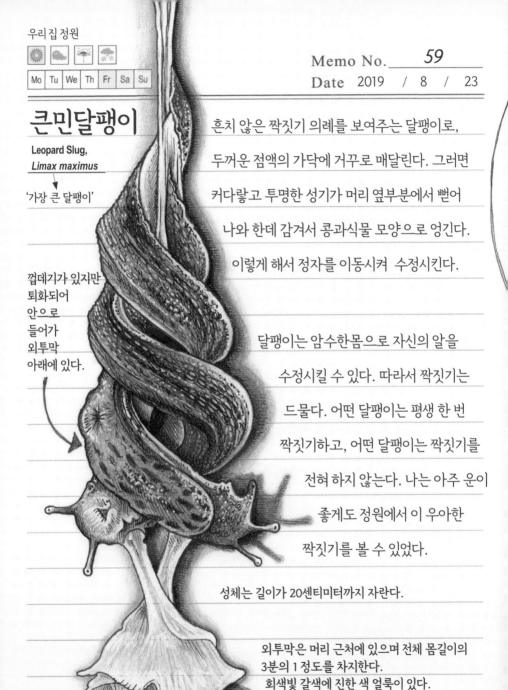

큰민달팽이

Leopard Slug,
Limax maximus

↓

'가장 큰 달팽이'

껍데기가 있지만
퇴화되어
안으로
들어가
외투막
아래에 있다.

흔치 않은 짝짓기 의례를 보여주는 달팽이로,

두꺼운 점액의 가닥에 거꾸로 매달린다. 그러면

커다랗고 투명한 성기가 머리 옆부분에서 뻗어

나와 한데 감겨서 콩과식물 모양으로 엉긴다.

이렇게 해서 정자를 이동시켜 수정시킨다.

달팽이는 암수한몸으로 자신의 알을

수정시킬 수 있다. 따라서 짝짓기는

드물다. 어떤 달팽이는 평생 한 번

짝짓기하고, 어떤 달팽이는 짝짓기를

전혀 하지 않는다. 나는 아주 운이

좋게도 정원에서 이 우아한

짝짓기를 볼 수 있었다.

성체는 길이가 20센티미터까지 자란다.

외투막은 머리 근처에 있으며 전체 몸길이의
3분의 1 정도를 차지한다.
회색빛 갈색에 진한 색 얼룩이 있다.
색과 무늬는 꽤 다양하다.

큰녹색수풀여치

Great Green Bush Cricket, *Tettigonia viridissima*

야생 풀과 초목, 삼림지대 주변에서

6월부터 10월까지 볼 수 있다.

길이가 거의 7센티미터(산란관 포함)에

달하는 이 여치는 영국에서 가장 큰 여치다.

몸은 녹색에 등에 갈색 줄무늬가 있다.

울음소리가 재봉틀 소리와 비슷하게 크고

길며 이른 저녁에 시작해 밤새 울어댄다.

<u>문다!</u>

더듬이가 매우 길다.

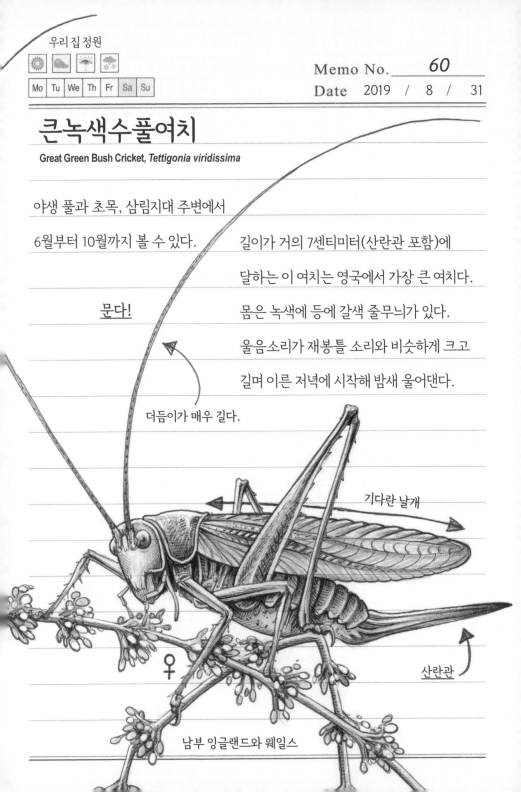

기다란 날개

♀

산란관

남부 잉글랜드와 웨일스

알광대버섯 Deathcap, *Amanita phalloides*

영국에서 가장 독성이 강한 균류로 유독 성분으로 인한 사망 중 균류와 관계된 것의

90% 이상을 차지한다. 독성에 대한 수년 동안의 연구에도 아직 해독제는 없다.

섭취 후 6~24시간 안에 증상이 나타난다.

서식지: 낙엽 혼합림, 특히 떡갈나무가 있는 곳

갓은 녹색/

노란색인데

실날처럼 뻗은

섬유질이 붙어 있어

줄무늬처럼 보인다.

주름과 대는 흰색이며
둥글납작한 아래쪽에는
주머니 같은 균포가 있다.

기생헛그물버섯 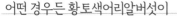 Parasitic Bolete, *Pseudoboletus parasiticus*

이 희귀한 버섯은 황토색어리알버섯에서만 자라기 때문에 알아보기 쉽다.

이 버섯이 정말로 기생하는지 아니면 황토색어리알버섯이 부패한 것을 먹이로 자라는

것인지를 두고 의견이 분분하다.

어떤 경우든 황토색어리알버섯이

이 기생 '친구'보다는 훨씬 더

흔하다.

솜털로
뒤덮인
갓은
올리브
색을 띠는
노란색이며 젖었을
때는 미끈미끈하다.
노란색/올리브
색 포자가 있
고 줄기는
휘어 있다.
너비는 2~6센
티미터 정도다.

황토색어리알버섯 Common Earthball, *Scleroderma citrinum*

산성 토양에서 자란다. 둥그렇고 비늘 모양의

무늬가 있다. 복균아강 Gasteromycetes 혹은

위 균 stomach fungi 으로 알려져 있다.

꼭대기에 있는 구멍을 통해 포자를 힘차게 뿜어내는

말불버섯 Puffball과 달리 불규칙적으로 피각이 갈라져

열릴 때 바람을 이용해 포자를 서서히 내보낸다.

꾀꼬리버섯

Chanterelle, *Cantharellus cibarius*

매우 귀한 이 식용버섯은

스트링 치즈처럼

찢어지고 속은

흰색이다. 달콤한

살구 향이 난다.

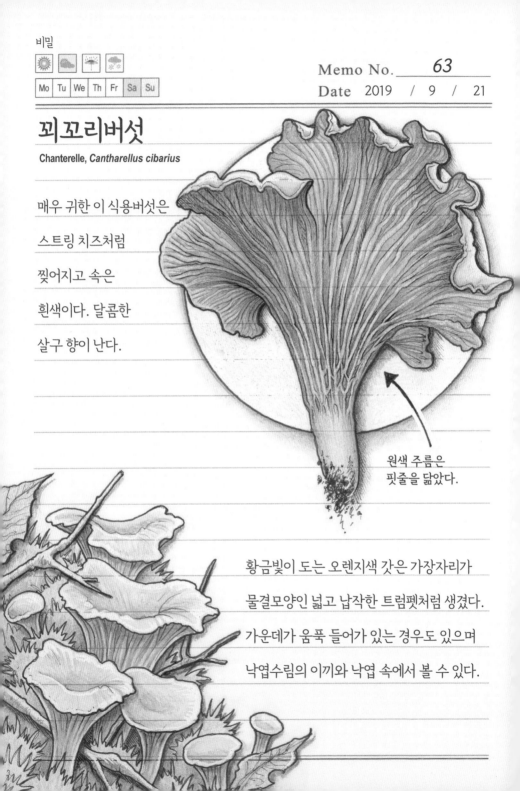

원색 주름은
핏줄을 닮았다.

황금빛이 도는 오렌지색 갓은 가장자리가

물결모양인 넓고 납작한 트럼펫처럼 생겼다.

가운데가 움푹 들어가 있는 경우도 있으며

낙엽수림의 이끼와 낙엽 속에서 볼 수 있다.

모서리왕거미

Angular Orbweb Spider,
Araneus angulatus

영국에서는 희귀함

눈에 띄는
복부의 혹

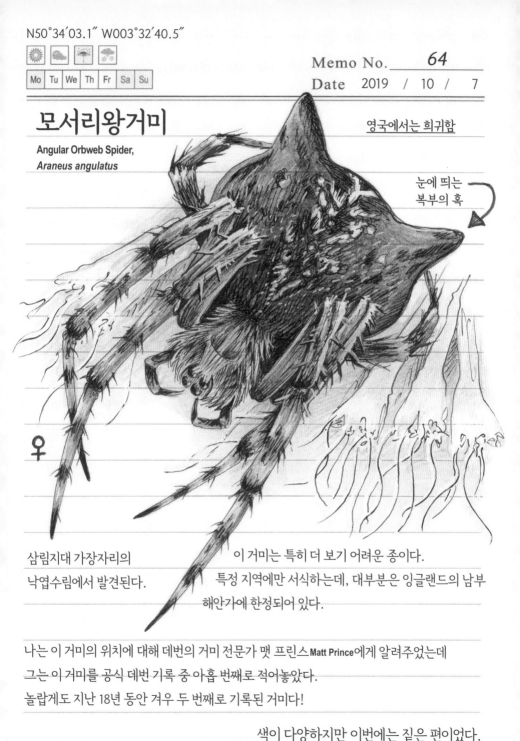

♀

삼림지대 가장자리의
낙엽수림에서 발견된다.

이 거미는 특히 더 보기 어려운 종이다.
특정 지역에만 서식하는데, 대부분은 잉글랜드의 남부
해안가에 한정되어 있다.

나는 이 거미의 위치에 대해 데번의 거미 전문가 맷 프린스 Matt Prince에게 알려주었는데
그는 이 거미를 공식 데번 기록 중 아홉 번째로 적어놓았다.
놀랍게도 지난 18년 동안 겨우 두 번째로 기록된 거미다!

색이 다양하지만 이번에는 짙은 편이었다.

광대버섯 Fly Agaric, *Amanita muscaria*

밝은 색상과 커다란 크기로 가장 잘 알려져 있고 상징적인 버섯 중 하나다. 전통적으로 이 버섯은 하얀 가루를 뿜어 흩뿌려서 파리를 죽인다. 라틴어 'musca'는 '파리'라는 뜻이다.

정신에 영향을 미치는 무시몰 muscimol과 이보테닉 산 ibotenic acid 성분은 수천 년 동안 스칸디나비아인과 시베리아인이 환각 유발 물질인 엔테오겐으로 이용해오던 것이다. 이 문화권에서 이 버섯은 종교적인 의미를 지니고 있다. 독극물로 분류되지만 죽음에 이르는 것은 아주 드문 경우다.

순록의 주요 먹거리이며 아마도 산타의 빨간색과 흰색 코트에 영감을 주었을 것이다.

흰색 점은 외피막이 남은 부분이며 거센 비에 씻기기도 한다.

2~3센티미터 길이로
두꺼운 성냥개비처럼
생겼다.

알머리균핵동충하초

Drumstick Truffleclub,
Tolypocladium capitatum

이 기생 균류는 침엽수림에서 발견되
는데 소나무이슬 false truffle에서 자라난다.
균류 전문가 루커스 라지 Lukas Large에게
샘플을 보내 현미경으로 검사하도록 했다.
포자의 크기를 재니 (14.9)15.4~18(20.4) x
(2.4)2.5~2.7(3.1)μm로 내가 발견한 버섯이
알머리균핵동충하초라고 확인해주었다.

소나무이슬의 크기는 2~5센티미터로 둥글고 불
규칙적인 모양을 하고 있다. 바깥쪽 표면은 갈색이
며 작은 점으로 뒤덮여 있다. 잘라보면 대리석 색상의
포자 덩어리가 안에 있는 것을 볼 수 있는데, 성숙
해지면 색이 짙어진다.

대리석소나무이슬

Marbled False Truffle, *Elaphomyces muricatus*

소나무이슬은 땅속에 있기 때문에 거의 관찰되지 않는
다. 사슴송로버섯 Elaphomyces종은 가문비나무와 균근균이
공생하고 있다.

'elaph'는 '사슴'이며 'myces'는 균류라는 뜻이다.
사람은 먹을 수 없지만 사슴, 다람쥐, 야생돼지는 즐겨 먹는다.

앵글 셰이즈

Angle Shades,
Phlogophora meticulosa

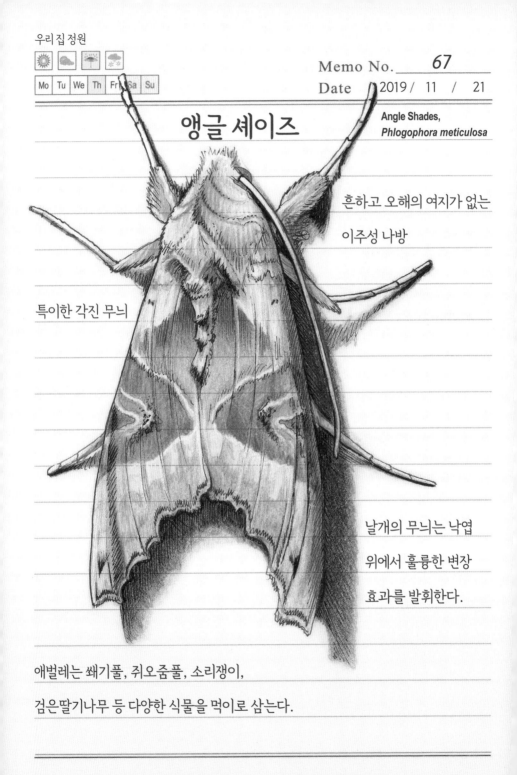

흔하고 오해의 여지가 없는

이주성 나방

특이한 각진 무늬

날개의 무늬는 낙엽

위에서 훌륭한 변장

효과를 발휘한다.

애벌레는 쐐기풀, 쥐오줌풀, 소리쟁이,

검은딸기나무 등 다양한 식물을 먹이로 삼는다.

| Mo | Tu | We | Th | Fr | Sa | Su |

껍질낙엽버섯 Leaf Parachute, *Marasmius epiphyllus*

낙엽버섯류는 크기가 작기 때문에 놓치기 쉽다.

껍질낙엽버섯의 주름은 간격이 넓으며 갓은 3~10밀리미터다.

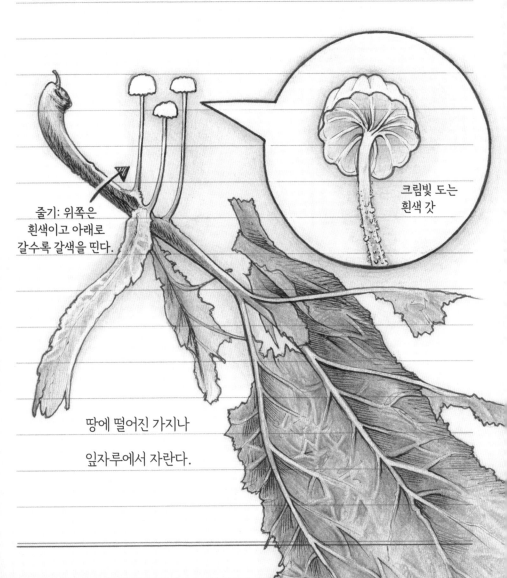

줄기: 위쪽은
흰색이고 아래로
갈수록 갈색을 띤다.

크림빛 도는
흰색 갓

땅에 떨어진 가지나

잎자루에서 자란다.

탐라광대버섯

Jewelled Amanita, *Amanita gemmata*

탐라광대버섯은 영국과 아일랜드에서는

찾아보기 어렵다. 광대버섯과 유전적으로

가깝고 화학적 성분도 같기 때문에

먹으면 안 된다.

모든 광대버섯이 그렇듯

주름은 흰색이며 빽빽하다.

균근균 mycorrhizal fungi

아랫부분은
볼록하고 둥글며
달걀 모양이다.

갓은 연한 황토색/
오렌지색이며
젖으면 끈적인다.

여기저기 흩어져서 자라거나 침엽수와

혼합림을 따라서 난 길에 무리 지어 있다.

연한 노란색 줄기

엠베리자 시를루스
Cirl Bunting, *Emberiza cirlus*

노랑멧새 Yellowhammer의 친척인 이 아름다운

작은 새는 한때 영국 남부 전역에 흔한

새였는데, 지금은 콘월의 몇 안 되는

거주지와 남부 데번 지역에만 살고 있다.

농업이 변화하면서 이 종에게

좋지 않은 영향을 미쳐 이제는

희귀해졌다.

수컷은
머리에
눈에 띄는
노란색과
검은색
줄무늬가 있다.

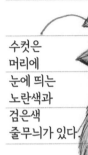

주로 남부 데번 해안가 근처의

울타리와 들판에서 서식한다.

곤충과 씨앗을 먹으며

일 년 내내 볼 수 있다.

| Mo | Tu | We | Th | Fr | Sa | Su |

들주발버섯

Orange Peel Fungus,
Aleuria (aurantia)

라틴어로 '오렌지'라는 뜻

이름이 알려주듯 이 자낭균류의 성체는

땅에 버린 오렌지 껍질과 닮았다.

자실체는 처음에는

컵 모양이지만 종종 갈라지고

일그러진 그릇 모양으로 변한다.

거친 땅에서

자라고 있는 것을

발견했다.

| Mo | Tu | We | Th | Fr | Sa | Su |

향나무노린재

Juniper Shield Bug,
Cyphostethus tristriatus

이 노린재가 크다는 설명과는 다르게

내가 본 것은 이전에 본 어떤 것보다도 작았다.

사촌 격인 뿔노린재 Hawthorn Shield Bug가 훨씬 더

크다.

걸을 때 우아한 대측성

움직임을 보인다.

혁질부에
갈색이 도는
붉은색 무늬가
있다.

유충은 향나무 열매를 먹는데

최근에는 금백을 먹는다.

이 때문에 정원에 향나무와 금백을 더 많이 심는

잉글랜드 남부와 중부를 누비며 영역을 확장하고 있다.

셀러 컵

Cellar Cup, _Peziza cerea_
↓
'뿌리나 줄기가 없는'

노란빛이 도는 베이지색 균류로

습한 곳에서 일 년 내내 자란다.

어릴 때는 둥근 컵 모양이다가

불규칙한 물결 모양을 이루며

납작해진다.

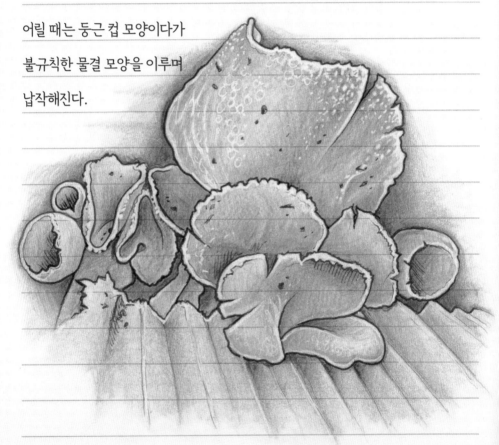

내가 두 달 동안 빗속에 버려둔 종이 상자에서

50여 개의 찻잔 모양 버섯이 자랐다.

Memo No. __74__

Date 2020 / 2 / 17

라말리나 파스티기아타 *Ramalina fastigiata*

나뭇가지류 지의류로 잔가지나 나뭇가지 위에서 일 년 내내 자라는 것을 볼 수 있다.

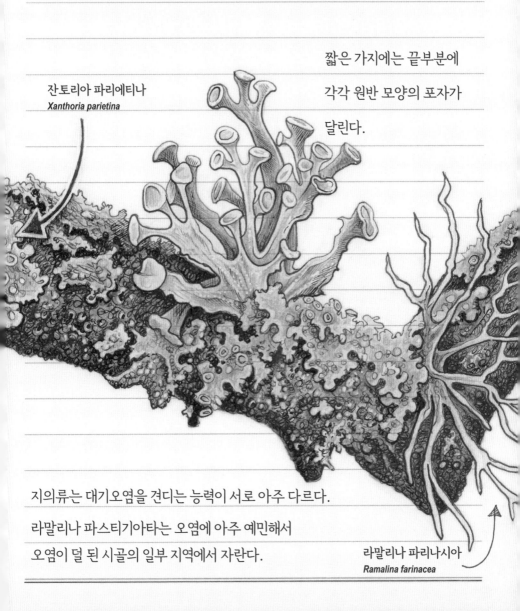

짧은 가지에는 끝부분에

각각 원반 모양의 포자가

달린다.

잔토리아 파리에티나
Xanthoria parietina

지의류는 대기오염을 견디는 능력이 서로 아주 다르다.

라말리나 파스티기아타는 오염에 아주 예민해서

오염이 덜 된 시골의 일부 지역에서 자란다.

라말리나 파리나시아
Ramalina farinacea

백장미모양지의

Physcia aipolia

일 년 내내 볼 수 있다.

이 매력적인 지의류는 햇볕이 잘 드는 곳에 있는 영양분이 풍부한

나무의 가지에서 자란다. 특이한 컵 모양은 가장자리가 흰색이고

가운데는 짙은 갈색이나 검은색이다.

엽상체는 푸른빛이 도는 회색이다.

1cm

나는 사이먼Simon과

어맨다 데이비Amanda

Davey에게 이 특별한

샘플의 분류를 확인받았다.

그들은 영국 지의류협회의 소셜 미디어

계정을 운영하고 있다.

어맨다는 내가 발견한 것이 흔치 않으며

아주 멋진 형태를 띠고 있다고 알려줬다.

우리집 정원

| Mo | Tu | We | Th | Fr | Sa | Su |

Memo No. __76__

Date 2020 / 3 / 17

멋쟁이새 Bullfinch, *Pyrrhula pyrrhula*

검은 머리 & 부리

암컷의 복부는

회색/담황색이며

수컷은 연어처럼

밝은 주황빛이 도는

분홍색이다.

멋쟁이새의 엉덩이는

흰색이고 눈에 띄는

검은색 익대가 있다.

♀

과실수의 꽃봉오리

또는 씨앗을 먹는다.

정원 먹이통에도

자주 들른다.

울음소리는 짧고

부드러운 플루트로 부는

휘파람 같다.

스티그멜라 아우렐라

Stigmella aurella

이 초소형 나방은 검은딸기나무에 알을

낳는데, 유충이 잎 안쪽을 파먹는 방식

때문에 '잎 광부'라고 알려져 있다.

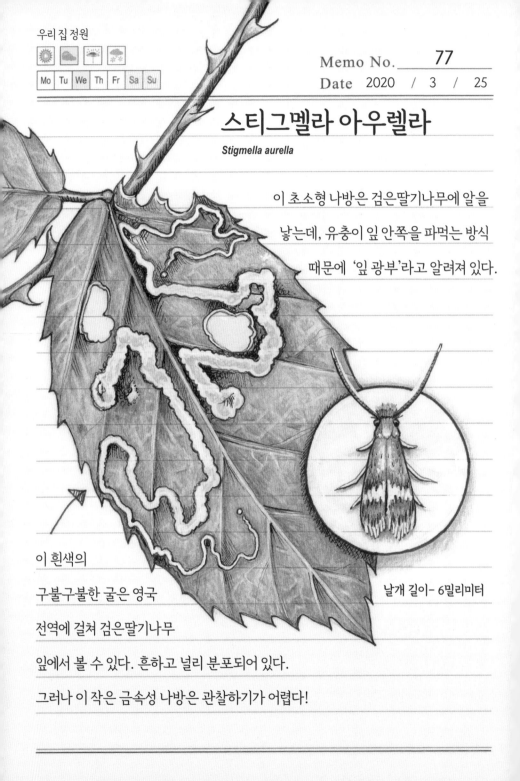

이 흰색의

구불구불한 굴은 영국

전역에 걸쳐 검은딸기나무

잎에서 볼 수 있다. 흔하고 널리 분포되어 있다.

그러나 이 작은 금속성 나방은 관찰하기가 어렵다!

날개 길이- 6밀리미터

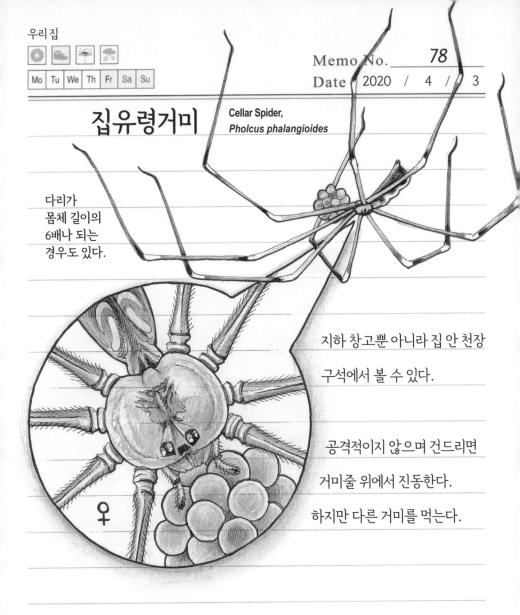

우리 집

Mo | Tu | We | Th | Fr | Sa | Su

Memo No. __78__

Date 2020 / 4 / 3

집유령거미

Cellar Spider,
Pholcus phalangioides

다리가
몸체 길이의
6배나 되는
경우도 있다.

♀

지하 창고뿐 아니라 집 안 천장

구석에서 볼 수 있다.

공격적이지 않으며 건드리면

거미줄 위에서 진동한다.

하지만 다른 거미를 먹는다.

세상에서 가장 독성이 높은 거미이지만 그 송곳니는 인간의 피부를 뚫을 수 없다는

속설이 있다. 하지만 이는 사실이 아닌 것으로 증명되었다. 유령거밋과 Pholcidae의 독은

효력이 미미하기는 하지만 사람의 피부를 뚫을 수 있으며 몇 초 동안 살짝 따가운

느낌이 있다.

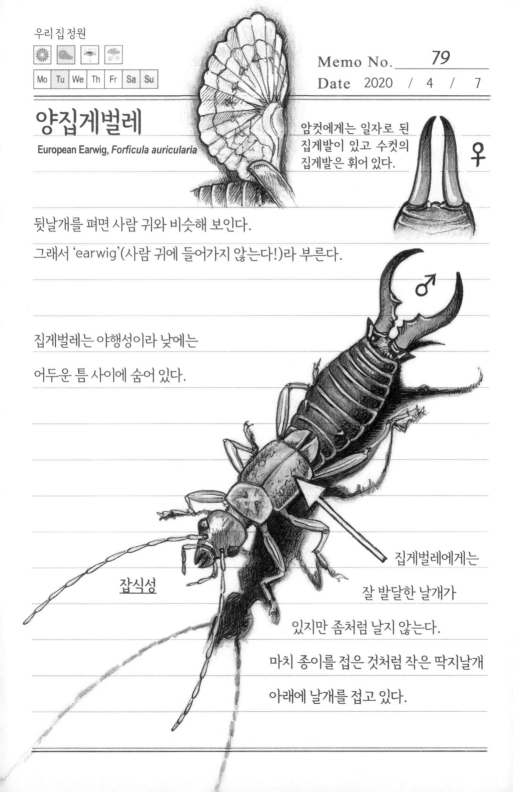

Memo No. _____ 79

Date 2020 / 4 / 7

양집게벌레

European Earwig, *Forficula auricularia*

암컷에게는 일자로 된 집게발이 있고 수컷의 집게발은 휘어 있다.

♀

뒷날개를 펴면 사람 귀와 비슷해 보인다.

그래서 'earwig'(사람 귀에 들어가지 않는다!)라 부른다.

♂

집게벌레는 야행성이라 낮에는

어두운 틈 사이에 숨어 있다.

잡식성

집게벌레에게는

잘 발달한 날개가

있지만 좀처럼 날지 않는다.

마치 종이를 접은 것처럼 작은 딱지날개

아래에 날개를 접고 있다.

나무결재주나방
Puss Moth, *Cerura vinula*

꽤 크고 눈에 띄는 나방으로 풍성하고 고양이 같은 성체의 겉모습 때문에 '야옹이 puss'라는 단어가 이름에 붙었다.

♂

옅은 회색빛/흰색에 검은색 점과 대리석 무늬의 날개가 있다.

날개에 황금색/오렌지색 선이 있다.

이른 시기에 발견했다.

애벌레에는 신기하게도 꼬리가 2개 있다.

작년에 내가 나방 채집틀을 빌려 쓴 이후로 내 친구 폴 버게스Paul Burgess가 하나 만들어주었다. 스키너 박스 모양의 채집통이다.

나는 이 채집통을 이용해 나무결재주나방을 잡았다.

영국에서는 흔히 볼 수 있는 나방인데 애벌레는 한 번도 보지 못했다.

쐐기풀녹병균

Nettle Rust Fungus, *Puccinia urticata*

아주 흔한 밝은 오렌지색 충영 균류로

서양쐐기풀 줄기에서 자란다.

다른 이름 : 네틀 크러스트컵 러스트 Nettle

Clustercup Rust

수균류과다.

오렌지색 수포는 부푼

자실체로 성장한다.

쐐기풀

Stinging Nettle, *Urtica dioica*

왕풍뎅이 Cockchafer, *Melolontha melolontha*

다른 이름 :

- 메이 버그 May bug
- 두들버그 Doodlebug
- 빌리 위치 Billy Witch
- 미치아마도르 Mitchamador ♂
- 스팽비틀 Spangbettle

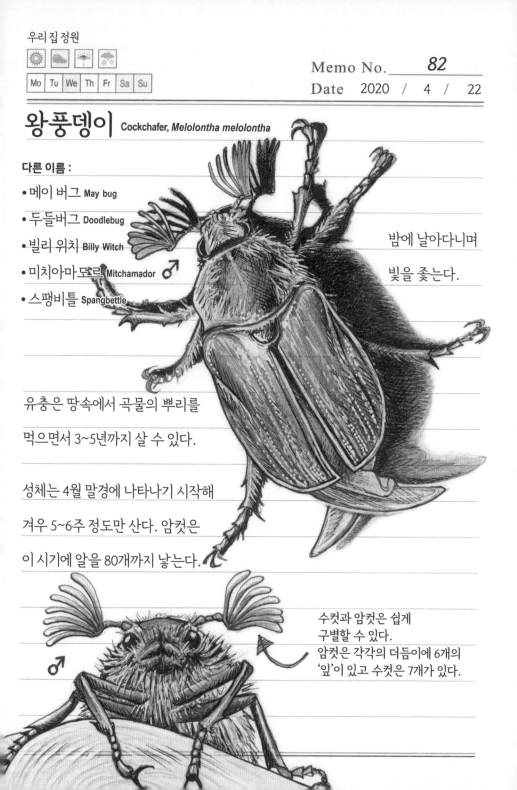

밤에 날아다니며
빛을 좇는다.

유충은 땅속에서 곡물의 뿌리를
먹으면서 3~5년까지 살 수 있다.

성체는 4월 말경에 나타나기 시작해
겨우 5~6주 정도만 산다. 암컷은
이 시기에 알을 80개까지 낳는다.

수컷과 암컷은 쉽게
구별할 수 있다.
암컷은 각각의 더듬이에 6개의
'잎'이 있고 수컷은 7개가 있다.

초콜릿팁재주나방

Chocolate-tip, *Clostera curtula*

이 멋진 나방은 두 번 발생한다. 첫 번째는 4~5월에 날아다니고

두 번째는 8~9월에 다닌다. 잉글랜드와 웨일스의 남부 절반

지역에서 볼 수 있다.

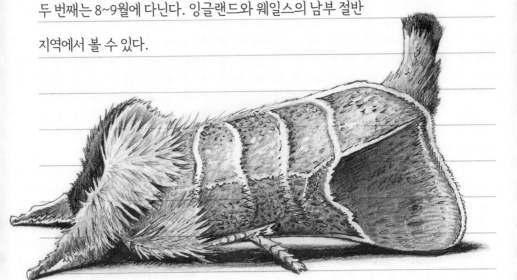

나는 이 녀석과 다른 나방 하나를 처음 보았는데

우리 집 정원에 있는 나방 채집통에 빠져 있었다.

이들은 삼림지대에 서식하며 유충은 포플러 잎을 먹는다.

우리 집 정원 뒤에 작은 삼림지대가 있고 커다란 포플러가

가까이에 있는 것으로 미루어 이는 맞는 이야기 같다.

해방거미 알 주머니

Pirate Spider Egg Sac, *Ero tuberculata*

영국에는 4종의 해방거미가 있다.
- 얼룩해방거미 *Ero cambridgei*
- 잎해방거미 *Ero furcata*
- 에로 투베르쿨라타 *Ero tuberculata*
- 에로 알파나 *Ero aphana*

마지막 두 종은 영국 희귀종이다.

해방거미는 거미줄을 치지 않는다.
이들은 민거미아목 거미로 다른 거미를
잡아먹는다.

나는 실제로 해방거미를 본 적이 한 번도
없지만 이 작은 아름다운 알 주머니는
많이 보았다. 2~3밀리미터밖에 되지 않아
놓치기 쉽다.

거미 전문가 톤 킬릭 Tone Killick의 도움으로
이것이 두꺼운 줄과 튼튼한 부착점으로
미루어 해방거미 알 주머니라는 것을
알아냈다.

일단 거미가
알 주머니를
만들면 내버려둘
것이기에
어린 개체는
알에서
깨어나면

3mm

스스로
알아서 살아야
한다.

2mm

알 주머니 전체는 실크로
이루어져 있다. 표면은
금이나 구리로 된 실처럼
보인다.

속에는 알이 뭉쳐져
있는데 약 한 달에 걸쳐
알이 부화하고 성장한다.

*알 주머니에서 5월 16일에 알이 깨어났는데 시작부터 끝까지 10시간 30분이 걸렸고
7마리의 어린 거미가 생겼다(나는 전부 촬영을 해놓았다. 톤 킬릭이 말하기를 전에 아무도
찍은 적이 없다고 한다!).

이수스 콜레오프트라투스

Issus coleoptratus

이 자그마한 3밀리미터 멸구 유충은 작은 스팀펑크 로켓 함정같이 생겼다!

가장 신기한 점은 기능적으로 생물학적 장비를 가지고 있다는 것이다.

자연에서 이 작은 멸구 유충에게 이런 장비가 발견된 것은 처음 있는 일이다.

이 장비는 곤충이 뛸 때 동시에 다리가 움직이게 하면서 궤적을 똑바로 유지하게

한다. 유충이 성체가 되면 이 장비들은 떨어진다.

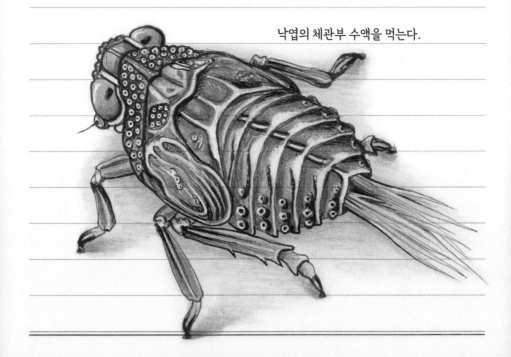

낙엽의 체관부 수액을 먹는다.

콩버섯균바구미

Cramp-ball Fungus Weevil, *Platyrhinus resinosus*

이 바구미는 아주 놀라운 위장술로 몸을 숨겨 알아보기 굉장히 어렵다. 콩버섯 *Daldinia concentrica* 을 먹으며 주로 물푸레나무 같은 낙엽수림에서 흔히 볼 수 있다. 알을 균 속에 낳아 유충이 안전하게 자랄 수 있게 한다.

대부분의 바구미와 달리 주둥이가 길지 않지만 집게발이 있으며 물 수 있다!

얼굴에 털이 많다!

♂

암컷은 더 크고 색이 어둡다.
수컷은 더 작고 색이 밝다.
무늬는 다양한 편이다.

건드리면
다리를 접고
땅에 떨어져서 새똥인 척
멋진 위장을 한다!

이 바구미는 국립 생물 다양성 네크워크 National Biodiversity Network 의 게이트웨이(NBN Atlas)에 '영국에서 드문 종'으로 분류되어 있다.

민꽃게거미
Misumena vatia

이렇게 훌륭한 위장술을 구사하는
게거미를 발견하면 신이 난다.

이 어린 암컷은 작은 민들레 위에 있었다. 거미를 보기 전에 파리를 먼저 발견했는데
이 먹잇감은 곧 포식자를 드러나게 했다. 노란색일 때 이 거미는 찾기가 아주 어렵다.

사냥을 나간 꽃에 맞는 색으로 몸 색을 바꿀 수 있다. 흰색을 밝은 녹색이나 밝은
노란색으로 바꿔주는 색소를 분비하고 옅은 분홍색/빨간색 줄이 배 부분에 있다.
색이 변화되는 데는 며칠이 걸린다.

움직일 필요가 없어 에너지는
성장과 재생산에 쓰인다.
큰 암컷이 알을
더 많이 낳는다.

♀

수컷은
훨씬 더 작다.

5월에서 7월
사이에 볼 수 있다.

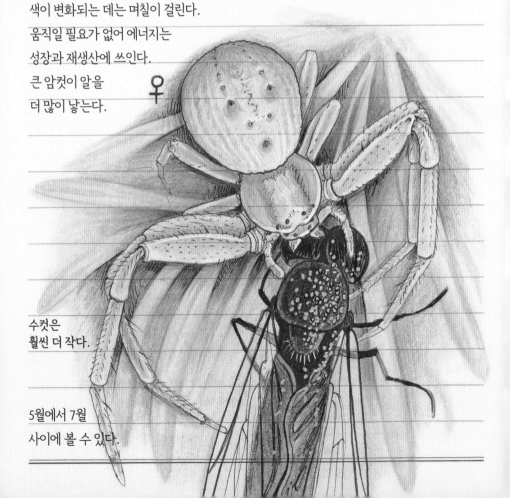

Memo No. **88**

Date   2020 / 5 / 19

그린 타이거 비틀

Green Tiger Beetle, *Cicindela campestris*

4~9월에 볼 수 있다.

의심할 여지없이 내가 사진 찍으려 한 대상 중 가장 빠르고 가장 움직임이 불규칙한 딱정벌레였다. 영국에서 가장 빠른 곤충 중 하나라는 면모를 여지없이 보여준다.

건드리면 짧은 거리를 날아가 황급히 도망간다.

포식성 딱정벌레로 인상적인 턱이 특징이며 개미, 거미, 애벌레를 먹는다.

크고 빠르며 굉장히 아름다운 선명한 녹색을 띤다. 다리는 금속성의 붉은 구릿빛이다.

겉날개에 연한 크림색 점이 있다.

이 녀석은 가장 큰 타이거 비틀이다. 4개의 다른 종이 있는데 더 희귀하고 자주색과 회색을 띤다.

밝고 햇빛이 잘 드는 곳에서 쉽게 찾을 수 있다.

유충은 초지와 황야지의 모래 지역 에서 굴을 판다.

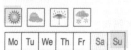
이름 미정

영국에서 처음 발견된 이 녀석을 2019년 9월 초에 우리 집 정원의 검정딸기나무 잎에서 보았다. 그 후 과학자들이 연구하고 있다. 폴 토머스(Paul W. Thomas, 스털링 대학) 교수는 내게 표본을 이스트 앵글리아 대학에서 균류의 후생 유전 개량을 연구하는 박사 수료생 필립 슐러에게 보내라고 부탁했다.

표본: 이 표본은 거미밤꽃균종에 속하는 것으로 거미의 기생균으로 여겨진다. 하지만 현재로서는 설명할 수 없는 새로운 종으로 보인다. 형태학적으로 감염된 거미에서의 모습이나 나중에 균류를 배양했을 때의 모습이 모두 알려진 다른 종들과는 차이가 있는 것으로 보인다.

이 균류는 성공적으로 배양되었고 숙주 거미에게서 떨어져 나와 배양접시 위에서 자라고 있다.

다른 종과의 관계를 평가하기 위해 DNA를 연구하고 있다.

이 모든 연구가 완료되면 이름을 붙이고 설명할 수 있을 것이다.

감사를 표하며:
폴 W. 토머스(Paul W. Thomas), 필립 슐러 박사(Philip Schuler PHD),
A. 가네슨(A. Ganesan) 화학생물학 교수

Mo	Tu	We	Th	Fr	Sa	Su

Mo | Tu | We | Th | Fr | Sa | Su

Memo No. _____

Date _____ / _____ / _____

Memo No._____

Date   /   /